Urbina Santafé, Manuel Iván, 1967-
      La niña fantasma / Manuel Iván Urbina Santafé;
ilustradora Sara Sánchez. -- Bogotá : Panamericana Editorial,
2015.
      124 páginas : ilustraciones ; 13,5 x 20,5 cm.
      ISBN 978-958-30-4795-4
      1. Novela juvenil colombiana 2. Detectives - Novela
Juvenil 3. Fantasmas - Novela juvenil I. Sánchez, Sara,
ilustradora.
II. Tít.
Co863.6 cd 21 ed.
A1478461

      CEP-Banco de la República-Biblioteca Luis Ángel Arango

Manuel Iván Urbina Santafé

LA NIÑA FANTASMA

Ilustraciones
Sara Sánchez

PANAMERICANA
EDITORIAL
Colombia • México • Perú

Primera reimpresión, febrero de 2016
Primera edición en Panamericana Editorial Ltda.,
abril de 2015
© 2015 Manuel Iván Urbina Santafé
© 2015 Panamericana Editorial Ltda.
Calle 12 No. 34-30, Tel.: (57 1) 3649000
Fax: (57 1) 2373805
www.panamericanaeditorial.com
Bogotá D. C., Colombia

Editor
Panamericana Editorial Ltda.
Edición
Luisa Noguera A.
Ilustraciones
Sara Sánchez
Diagramación
Martha Cadena

ISBN 978-958-30-4795-4

Impreso por Panamericana Formas e Impresos S. A.
Calle 65 No. 95-28, Tels.: (57 1) 4302110 - 4300355.
Fax: (57 1) 2763008
Bogotá D. C., Colombia
Quien solo actúa como impresor.

Impreso en Colombia - *Printed in Colombia*

PRIMERA PARTE

SEGUNDA PARTE

TERCERA PARTE

PRIMERA PARTE

I. Cómo asustar a Rambo

El "sospechoso" Miguel Miguel y su amigo Watson, el sobrino del jugador de fútbol, no habían terminado de investigar el caso de la pérdida de los animales domésticos y la llegada al barrio de la salsamentaria Salchichas & Co., cuando un nuevo misterio atrajo su atención: el tenebroso caso de la niña fantasma.

La nueva agencia de investigadores privados Detectives & Co. estaba lista para su segundo caso. Las primeras versiones las dio el celador nocturno cuando hacía su ronda más detallada y peligrosa: la del sábado por la mañana, para cobrar el servicio de vigilancia. Era particularmente difícil recordar el nombre del vigilante, que se destacaba por el uso de su uniforme camuflado, sus botas militares y sus movimientos sigilosos en la oscuridad, dignos de un comando de las fuerzas especiales, aunque no había prestado siquiera el servicio militar. "Rambo" lo llamaron los niños desde el comienzo; pero no era de buen gusto ni buena educación dirigirse a él con un apodo, así que optaron por un nombre más respetuoso: don Rambo, lo llamaron.

Se detuvo don Rambo a conversar con Gabriela, la madre de Watson, y parecía una historia interesante, pues Miguel Miguel vio cómo se sumaban los vecinos, mientras el vigilante levantaba los brazos y vociferaba, como en el relato de un accidente o un robo espectacular; de modo que la señora Tania y su hijo, ambos en piyama, fueron a enterarse.

—¿No sería que alguien le tocó la espalda y se escondió? —le preguntaba Gabriela.

—Negativo, mi señora —respondió don Rambo—, eran las dos mil cuatrocientas horas del jueves.

—¿Dos mil cuatrocientas? ¿No son muchas horas? —lo interrumpió Tania.

—Quise decir la medianoche... —respondió de inmediato el vigilante, que ya iba a agregar "la civil". Y continuó—: A esa hora no había un alma en la calle, yo me encontraba prestando guardia en el parque, cuando sentí que alguien me tocaba el hombro. Como un rayo, hice un giro de 360 grados y alcancé a ver de lejos a la niña.

—¿No sería de 180 grados? —lo corrigió rápidamente Watson.

—Negativo, de 360.

—O sea que dio un giro completo, como en el ballet, y quedó mirando en la misma dirección —explicó el niño.

—Ah, no, fue un giro de 180 grados, afirmativo, sí.

—Entonces sí había alguien —dijo Miguel Miguel volviendo a la historia.

—Negativo.

—¿No dice que había una niña?

—No, déjeme contarles —dijo don Rambo, fingiendo estar resignado a repetir la historia, cuando en realidad estaba emocionado de tener tanto público, pues todas las señoras que barrían el frente de las casas también se acercaron. Así reanudó su relato—: Me camuflé en la espesura...

Mientras narraba, todos sus espectadores, especialmente Watson y Miguel Miguel, vieron pasar por sus mentes la imagen del vigilante camuflado, saliendo de repente entre la maleza del parque, precisamente como Rambo, pero sin granadas colgando del uniforme, sin la ametralladora M60 en bandolera y el enredo de cananas repletas de balas gigantescas, sino con el termo del tinto en un bolsillo del chaleco, el radio en el lado opuesto para hacer contrapeso, la infaltable toalla gris en el hombro, mientras empuñaba una escopeta de matar pájaros que, para bien de las aves, nunca tuvo calibrada la mira.

—Cuando escuché un ruido sospechoso, salté de la espesura, dispuesto a todo. Vi claramente a pocos metros de mi escondite la imagen de una niña vestida de blanco, con el cabello cayéndole sobre la cara, en medio de una luz muy fuerte y extraña. La imagen avanzó hasta el límite del parque con el malecón, y se escondió detrás del árbol de caucho. Yo me fui acercando.

—¡Qué valiente! —dijo la señora Irene, unas de las admiradoras de don Rambo.

—No crea, doña Irene, tomé mis precauciones. Fui escondiéndome tras de los árboles. Por momentos, la luz aparecía entre las hojas del caucho. Cuando llegué allá no se pueden imaginar mi sorpresa.

—¿A quién vio?

—A nadie, la niña había desaparecido —y añadió—: A pesar de que no conozco la palabra miedo, el corazón me palpitaba como un tambor. Casi muero del susto cuando escuché un alarido, como si ese fantasma, y otros tantos, se hubieran echado sobre mí.

—Dios mío, ¿qué pasó? —preguntó doña Irene, siempre interesada en la salud de don Rambo.

—Nada, que se encendió el radio despertador y en ese momento estaba sonando un reguetón.

En este punto todos rieron, imaginando que don Rambo salió corriendo a conversar con el vigilante del barrio vecino y muy probablemente regresó a su casa antes del amanecer. Sin embargo, les quedó una grave preocupación, que la madre de Watson no tuvo empacho en expresar:

—¿Qué hace un vigilante nocturno con un despertador? ¿Acaso duerme en horas de trabajo?

—No, imposible —cerró el comentario doña Irene.

—Imposible, claaaaro —se escuchó entre el murmullo mientras todos regresaban a sus casas.

Era muy temprano para comer dulces, pero Watson y Miguel Miguel destaparon dos gomitas hiperácidas y se sentaron en el andén a reflexionar.

2. Un fantasma tímido

La noche del sábado, después de que se regara como el fuego la historia de don Rambo, el parque de Las Flores estaba repleto. Desde las once llegaron habitantes de los barrios vecinos, especialmente jóvenes que trasladaron la rumba para vigilar la aparición del fantasma. Una fila de motocicletas en formación "hueso de pescado" servía como marco al parque. Esto atrajo a los vendedores ambulantes de helados, comidas rápidas y bebidas. Cada cierto tramo se estacionaban camionetas con sus equipos de sonido a todo volumen. Las familias aprovecharon para salir a pasear con sus mascotas. Parecía el carnaval del barrio.

Faltando cinco minutos para las doce, el ruido era insoportable. Don Rambo, el personaje de

la noche, ordenó que el parque quedara despejado, como un inmenso escenario, para no avisarle a la niña fantasma que estaban esperándola. Bastó su brazo extendido en enérgico ademán militar para que la tienda Sharick apagara el único equipo de sonido que aún se escuchaba. A las doce de la noche todo se silenció. En varios kilómetros a la redonda solo se escuchaba el chirriar de las hamburguesas, especialmente cuando el queso derretido caía a la plancha haciendo burbujas. Ese sonido le agregaba una insoportable tensión a la espera, interrumpida solamente por el estallido múltiple en un puesto de venta de maíz pira, que ocasionó un repentino sobresalto. Miraron tan mal al vendedor de palomitas de maíz, que este se vio obligado a apagar la estufa portátil.

Pasados quince minutos, las muchachas de las camionetas comenzaron a toser y hacerse bromas. A las doce y veinte Watson empujó a Miguel Miguel, que por poco cae encima de un gato callejero. A las doce y treinta la gente comenzó a hablar de la timidez de la niña fantasma.

—Eso sería como salir al frente en la formación de los mil doscientos estudiantes del colegio.

—Sí, es lógico que no salga.

Tres muchachas que habían llegado en una moto rosada, iban a entrar al parque, pero las detuvo una gritería y una rechifla monumental. A las doce y cuarenta y cinco, Tania, la primera madre somnolienta, le dijo a Miguel Miguel:

—Joven, vamos a dormir.

La siguió la madre de Watson y esa orden se fue contagiando de manera alarmante entre las 35 madres que esperaban al fantasma del barrio de Las Flores.

Las protestas de Miguel Miguel y Watson consiguieron ampliar el plazo hasta la una de la mañana. Entretanto, don Rambo fue perdiendo autoridad por el incumplimiento del supuesto fantasma y ya algunos muchachos se atrevían a comentar en su presencia si todo sería real o producto de un sueño intranquilo. Por eso, cuando las dueñas de la moto rosada entraron de nuevo al parque y una de ellas dio un alarido monumental al ser sorprendida por un joven entre los arbustos, el vigilante aprovechó la rechifla y el estruendo de las motocicletas que se encendieron, para marcharse a hacer su ronda por otras calles, despertando con su silbato a las personas que acababan de dormir.

A las dos de la mañana solo quedaban tres jóvenes, terminando una botella de ron barato. Uno de ellos era Juan Rafael, el hijo de doña Irene, recientemente reformado de un problema de adicción, o al menos eso dejaba ver en su estado en Facebook: "Dejé el vicio. ¡Por fin libre...! Bienvenidos nuevos vicios". Y uno nuevo era el consumo de alcohol, pero en menor escala, pues ahora estaba bajo la tutoría de don Rambo, quien no cesaba de aconsejarlo y lo acompañaba a la casa cuando ya caminaba "muy tieso y muy majo" por efecto del licor.

Departían con Juan Rafael los gemelos: Uno y Dos, como él los había bautizado para no confundirlos. La brisa helada del río los obligó a apretujarse en un escaño. De repente, un extremo del parque se iluminó levemente. Juan Rafael se restregó los ojos y se levantó, pues creyó sufrir alucinaciones. Pero no era así, sus acompañantes también habían contemplado una figura vestida de blanco que comenzó a moverse desde su escondite. Se pusieron de pie, pero quedaron sembrados delante del escaño por el temor. Sin quitar la mirada de la imagen luminosa, Juan Rafael sacó su teléfono celular. Demasiado rápido, tal vez: el aparato fue a dar a las baldosas, vomitando su batería por el impacto.

—Cuidado se le cae el celular —dijo Uno, el menos asustado y más ebrio de los tres.

—Gracias por preocuparse —le respondió Juan Rafael, esforzándose por recomponer el aparato con sus manos temblorosas. Mientras tanto, la aparición casi había recorrido toda la pared en el fondo del parque.

Juan Rafael comenzó a grabar. En ese momento, la niña fantasma desapareció.

—Deje ver el video.

Juan Rafael fue a la galería para detallar las características del fantasma. Como de costumbre, no había grabado nada. Sus compañeros desahogaron la frustración a cocotazos y empujones.

Pero la mirada de una niña de unos ocho años, suspendida junto al farol, los obligó a detenerse. Parecía flotar. Ahora sí encendió correctamente la opción de video de su celular.

—Ya está grabando —se escuchó la voz temblorosa de Juan Rafael, mientras oprimía el botón rojo.

—Filme bien —dijo Dos, dándole el último golpe en el cuello, el cual quedó muy bien registrado en el video.

La niña fantasma comenzó entonces a retroceder, pegada a la pared trasera por donde había llegado. En el muro que daba al río se detuvo a mirarlos, luego se esfumó lentamente como si caminara hacia atrás, para hundirse en la oscuridad de las aguas. Los muchachos quedaron en silencio, viéndose unos a otros, sin poder creer, sin digerir aún la experiencia que habían tenido. Comprobaron que esta vez sí hubiera quedado grabado el video. Sorprendidos y menos ebrios por el susto, no cabían de la emoción: aunque en baja resolución, tenían en el celular la prueba de que el fantasma del barrio de Las Flores sí existía.

Al reproducir la grabación, los asombró un zumbido que no esperaban escuchar.

—Qué raro. Todo estaba en silencio —dijo Uno, arrastrando las eses.

—Debe ser por la buena calidad del teléfono —concluyó Dos.

Solo cuando el video se congeló en la imagen de la niña a punto de desaparecer, los tres amigos tomaron clara conciencia de lo que habían experimentado. Y no sabían hacia dónde dirigir la mirada, si el fantasma iba a salir de su escondite en el parque o de la pantalla del celular.

3. En el noticiero nacional

La mañana del domingo, Miguel Miguel fue a la panadería y regresó con una copia del video en su teléfono móvil. Por supuesto, compró una pequeña provisión de gomitas Trululú y olvidó los panes para el desayuno.

—¿Si ve, mamá, de lo que nos perdimos? —dijo el niño, mostrándole a Tania la grabación.

—Si hubiéramos esperado, no habría aparecido. Ya sabemos que es una niña tímida —respondió ella. Luego volvió a ver con cuidado—: Es un video muy raro. ¿No será otro invento de Juan Rafael?

—No, mamá. También estaban allí Uno y Dos. Y vieron a la niña.

—¿Uno y Dos?

—Sí, mamá, los gemelos.

—Hum... O sea que Juan Rafael viene a ser Tres —dijo Tania, y señaló a su hijo—. Ahora Cuatro debe ir a lavar el patio.

Cuando Miguel Miguel y Watson se libraron del aseo general del domingo por la mañana, encontraron en el parque principal una furgoneta del noticiero nacional.

Don Rambo ayudaba a bajar las cámaras, mientras hacía el relato, engolando la voz, como si estuvieran entrevistándolo. Solo faltaba la hermosa periodista del noticiero nacional. Cuando arribó un elegante automóvil del canal, los curiosos se arremolinaron para ver aparecer una glamurosa zapatilla dorada; pero en su lugar apareció un zapato negro, mal lustrado, y tras él un periodista de bigote y cabellos demasiado negros para ser naturales, acarreando una maraña de cables y un micrófono que el auxiliar de sonido corrió a recibir.

Don Rambo se apoderó del micrófono para ensayar su nuevo tono de voz; le dio varios golpecitos repitiendo "sonido, sonido, uno, dos tres...". Los niños vieron al auxiliar lanzarse por los aires en cámara lenta, estrellarse contra don Rambo y arrebatar de sus manos impías el micrófono de 1000 dólares la unidad. Bueno, en realidad sucedió que el joven asustado le quitó el micrófono diciendo: "No me maltrate el equipo". Pero los niños estaban acostumbrados a las escenas de película de don Rambo. No podían evitarlo.

Las cámaras se encendieron. Detrás del bigote renegrido se escuchó una pregunta que nadie entendió. Don Rambo se quedó en silencio, no parpadeaba siquiera, como si le hubieran congelado la imagen. Fueron incómodos minutos de espera. Las cámaras se apagaron.

—¿Por qué se queda callado? —reclamó el bigote parlante, muy impaciente.

Ese tono no les gustó a los niños. No era agradable ver cómo regañan al héroe del barrio.

—No entendí la pregunta —respondió don Rambo con su voz original de miedo escénico.

—Cuente todo lo que vio, y ya.

—Ah, muy bien —dijo don Rambo, y se animó de nuevo con su voz especial para entrevistas.

Comenzó por contar lo del giro de 180 grados, incluso hizo el intento de dar el giro. Estuvo hablando cerca de 15 minutos. El periodista le retiraba a cada rato el micrófono, pues se cansaba de una mano, cambiaba a la otra, para terminar por sostener el micrófono con las dos manos. De todo ese tiempo, aparecieron apenas unos segundos en la emisión de las siete de la noche, y fueron incluidas precisamente las frases más curiosas, como eso de "los pasos que corrieron", "una persona infantil". El bigote que hablaba no apareció en el noticiero, sino que se escuchó una voz fuera de cámaras, que decía frases tan rebuscadas como "su sexto sentido afloró hasta el día que descubrió la enigmática presencia de la niña".

Don Rambo y otras personas se reunieron a ver el noticiero en el porche de la casa de Watson. Sus padres sacaron el televisor grande de la sala.

—Ajá, ¿cómo es eso de su sexto sentido, don Rambo? —le preguntó Watson.

—Pues debe de ser mi capacidad para comunicarme con los fantasmas, joven —respondió el vigilante, dándose ínfulas de celebridad—. Eso lo dijo el presentador del noticiero; siempre se inventan cosas que uno nunca dice.

—¿Y le pasa muy seguido? —insistió Watson. Todos sonrieron, pero de inmediato se concentraron en la entrevista a doña Irene, quien declaró haber visto también a una chiquilla que corría por el parque.

—¿A las dos de la mañana, doña Irene? —usó Watson un tono acusador, pues se tomaba muy en serio su función de segundo entrevistador.

—¿Y sola? —agregó Tania.

—No... bueno, sí —contestó doña Irene, azorada—. La verdad es que fui a buscar a mi hijo Juan Rafael, que se estaba demorando en llegar. Cuando vi la imagen, casi muero. Por fortuna don Rambo pasaba por ahí.

—Ah, qué conveniente —intervino una vecina, también ella admiradora del porte marcial del vigilante.

—Cierto, sí, qué bueno —respondió doña Irene, mostrando el gusto que le daba despertar celos. Luego simuló concentrarse en la pantalla del televisor.

La nota periodística cerró con un mensaje del obispo de la ciudad llamando a la cordura, y una parapsicóloga, o psicóloga de fantasmas como la llamaron en el noticiero, la cual dio una explicación muy cercana a una película estrenada el año anterior: "La niña no sabe que ha muerto". Explicó que muchas personas demoran en tomar conciencia de su muerte y se mantienen junto a sus seres queridos o en los lugares donde vivieron o murieron. La señora estaba acomodando su cabello algo descuidado, cuando hicieron el corte a comerciales.

Ese fue el cuarto de hora de fama para el barrio de Las Flores, el cual tuvo en la niña fantasma un efecto inesperado.

4. Triquiñuelas

La niña fantasma dejó de ser tímida, ahora se presentaba en el barrio con más confianza. Apareció en otros videos caseros. En uno de ellos, un vecino descansaba en las graderías del parque, mientras su nieto de diez años jugaba con él a la entrevista. Transcurridos algunos segundos de grabación, una imagen luminosa fue tomando forma a su lado; cuando el niño se lo advirtió a su abuelo, el hombre levantó la mano y la imagen desapareció. Repitieron la operación y el resultado fue el mismo.

Una pequeña vecina de Miguel Miguel se fue a dormir temprano después de discutir con su padre. Entre el sueño y la vigilia sintió que alguien le acariciaba el cabello y le secaba las lágrimas. Supuso que sería su madre, o cualquier otra persona de la familia; pero al abrir los ojos en la penumbra del cuarto, lo encontró vacío. En ese momento escuchó gritos en la calle y abrió la ventana: la imagen de la niña fantasma estaba diluyéndose entre los arbustos del parque.

Ahora todos querían tener la primicia de las últimas apariciones, incluso los adultos: señoras serias que antes solían ir con las manos en posición normal, es decir, descansando junto al tronco, se veían a toda hora con las manos levantadas, sosteniendo cámaras y teléfonos celulares.

Muchas personas dijeron haber visto a la niña fantasma, incluso a horas en que nadie la esperaba; por ejemplo, a las siete de la noche, cuando las calles, tiendas y heladerías se vacían, porque es hora de la cena. De ese momento obtuvo Watson un video con muy buena resolución.

El video llegó a casa de Watson José a las 7:05 de la noche, cuando el experto en tecnología de Detectives & Co. se disponía a cenar. Su mamá no lo dejó levantarse del comedor. Sin embargo, a las 7:10 ya estaba colgado en Youtube. A las 7:20 tenía enlace y comentarios en Facebook.

Todos daban sus interpretaciones acerca de esa pequeña que deseaba con insistencia comunicarse con el mundo de los vivos. Había versiones acerca de que vivió allí muchos años atrás, cuando todavía no existían barrio ni parque, y que se había ahogado en una crecida del río. Otra versión hablaba de una pequeña que falleció víctima del abuso en un club nocturno de ese sector. Cada nueva historia la hacía más cercana a los habitantes del barrio. Estaba presente en las conversaciones y diversiones de los niños, que le consultaban cosas y le pedían ayuda en los exámenes; para algunas señoras era un ser que las necesitaba, se enternecían cuando alguien la nombraba, la invocaban con afecto, rezaban por el eterno descanso de su alma. Su presencia se hizo real en tan pocos días, que omitieron la palabra "fantasma", para llamarla "La niña", a secas.

—Ya estamos exagerando —dijo Miguel Miguel, mientras repasaban en el computador de Watson la evolución del caso.

—¿Exagerando? A mi mamá le ha dado por hablar con ella —respondió su amigo.

—¿Y eso?

—Pues finge que habla con la niña para sacarme en cara lo malo que hago, y regañarme de manera indirecta. Eso es peor, porque no tengo nada qué responderle: no está hablando conmigo.

—No puedes criticar a tu mamá, tú también te la pasas haciéndole videos y subiéndolos a la red. No sería raro que la niña tuviera Facebook.

Watson abrió mucho los ojos, lo cual es bastante decir para un niño ojón; señal de que se había encendido una bombilla en su cabeza.

—¡Me diste una excelente idea! —exclamó, al tiempo que comenzaba a organizar los videos de la niña en una carpeta. Acto seguido, procedió a congelar momentos de los videos, con el fin de obtener buenas fotografías. Miguel Miguel se echó a reír.

—¿De verdad le vas a abrir un sitio en Facebook?

—No, espera —respondió Watson, haciendo un gesto con la mano para callar a su amigo, con la mirada fija en la pantalla, como si estuviera ganando en un videojuego.

Miguel Miguel esperó en silencio a que Watson recortara varias fotos, hasta dar con una que lo dejó medianamente satisfecho. Enseguida usó la herramienta para buscar imágenes de Google, pero no escribió nada sino que la arrastró al rectángulo de buscar. En una mínima fracción de segundo, apareció una imagen idéntica en la página www.trikinhuelas.com. Se trataba de la fotografía de tres amigos en una fiesta de disfraces, la celebración de Halloween del año 2005.

—¡Síííí! —gritó Watson con los puños en alto.

—Pero esta no es una niña, es una muchacha mayor.

—Cierto, pero los bordes de las mangas, el cuello y la falda coinciden. Es la misma imagen.

—Alguien se está burlando de lo lindo, mi querido Watson.

—Y nosotros lo haremos quedar "como un zapato".

—Le haremos "escama".

—¿Vamos a "sapiarlo"?

—No. Eso suena feo. Simplemente vamos a descubrir toda la verdad. Así no podrá salirse con la suya.

5. Desmentir a un fantasma

—A la orden —escuchó Miguel Miguel una voz detrás de un bigote y de la línea telefónica de la emisora local, tan fuerte que tuvo que separarse el aparato del oído.

—Buenos días, señor periodista, le tenemos noticias del fantasma de Las Flores.

—Ya no estamos interesados en eso —le cortó la voz.

—Pero hay datos nuevos y muy interesantes.

—Se lo agradezco, niño, pero no —dijo la voz, imitando sin querer una canción de moda.

—Espere, espere, parece que hay un frau... de.

Entre las dos sílabas de su última palabra, escuchó Miguel Miguel el sonido aparatoso de un viejo teléfono que fue colgado con impaciencia y descuido.

—¡Maleducado! —le gritó Miguel Miguel al teléfono inalámbrico.

—¡Guache! —insultó también Watson al aparato antes de colocarlo en su sitio.

—Cero y van dos —analizó muy molesto Miguel Miguel—: primero regaña a don Rambo y ahora nos tira el teléfono.

—Tocará darle de su misma medicina —dijo Watson con voz amenazante.

—¿Qué? ¿Lo llamamos para regañarlo y luego le tiramos el teléfono?

—No, vamos a hacerlo de una manera muy educada —respondió Watson con expresión enigmática.

—Huy, solo falta la carcajada del malvado. ¿Y cómo sería eso?

—Muy sencillo, mi querido Miguel Miguel —respondió el misterioso Watson—: llamemos al canal de la competencia. —Y luego... se rio a la manera de Lindo Pulgoso.

El canal de la competencia verificó la información con las madres de los niños, pero no se hizo esperar mucho. Esa misma tarde llegó una periodista a casa de Watson, donde la aguardaban los exitosos investigadores.

—Una morenaza —susurró Watson para que no lo escuchara su madre.

—En todo caso, una excelente periodista —le contestó Gabriela.

—Sí, y despampanante —completó Miguel Miguel al oído de su compañero.

Luego de escuchar a los niños y de solicitar autorización a las progenitoras, los llevaron al estudio de televisión. Watson, el experto en tecnología, tomó la entrevista con balón dominado, mientras Miguel Miguel le servía de comentarista. Ya habían hecho tomas de sus madres en el barrio. Los cuatro estaban igual de emocionados: iban a salir en la televisión nacional. Se lo contaron a sus amigos y amigas, a sus familiares, y lo publicaron en las redes sociales con el enlace "Se resuelve el caso del fantasma de Las Flores". Pero, para sorpresa de todos, en el noticiero de la noche apareció un "experto" que reprodujo las pruebas dadas por Watson y Miguel Miguel, a quienes escasamente mostraron en las primeras tomas. Después del noticiero Miguel Miguel estaba furioso; mientras Watson, en otro mundo, masticaba con suavidad unas nuevas gomitas en forma de corazón que encontró en la tienda.

—Nos robaron la chiva. No tenemos suerte con la televisión —protestó Miguel Miguel.

—A mí me importa un bledo que nos roben una cabra, yo salí en televisión con la morenaza —respondió Watson.

—Estoy hablando de la chiva, hombre; de la noticia, no de una cabra. ¿Se está volviendo bobo?

Watson no respondió, no podía responder. Tenía la boca llena de corazones y quizá sí se estaba volviendo bobo, porque solo miraba el noticiero, que acababa de archivar en su computador portátil, y suspiraba ruidosamente. Sostenía su mejilla con cuidado, como si estuviera en peligro de caérsele: la periodista se había despedido con un beso, cuya huella rosada conservaba todavía como evidencia.

Ya en su cuarto, Miguel Miguel no podía conciliar el sueño, así que fue hasta la ventana y se dedicó a reflexionar. "¿Cómo hicieron para proyectar la imagen sin ser descubiertos? Si el haz de luz pasara cerca de las ventas de comidas rápidas, cualquiera se habría dado cuenta del origen de la proyección, porque los delataría la luz pasando a través del humo. Con razón hacían aparecer a 'La niña fantasma' en la madrugada, o a la hora de la cena", concluyó pensando en voz baja.

En esas reflexiones, se quedó viendo la casa de la esquina, todavía en obra negra y abandonada en los últimos años. Si de verdad hubiera existido un fantasma, habría salido de allí: los dueños no la terminaron de construir ni le hicieron mantenimiento, el pasto creció en el antejardín, y no faltaron vecinos que dejaran escombros donde antes había flores. Miguel Miguel pensó: "De pronto alguien se coló en la casa con un proyector y un equipo portátil; pero ¿para qué se iban a tomar tantas molestias, si podían hacerlo desde cualquier casa?".

Precisamente cuando lo ocupaban esos pensamientos, alcanzó a ver en el segundo piso lo que podría ser el parpadeo de una proyección en la ventana. De inmediato paseó la mirada por las casas aledañas, para ver si de alguna venía el esperado haz de luz de un proyector. Sería tremenda noticia descubrir quién había engañado al barrio y al noticiero nacional. Se imaginó dando una entrevista como la de don Rambo y doña Irene, y sintió por adelantado la popularidad que iba a tener desde ese momento. Pero muy pronto se rio de su propia imaginación.

Sin embargo, en cuanto volvió a mirar hacia el segundo piso, se le borró la sonrisa y el color del rostro. Ya no había un reflejo en la ventana; no podía haber reflejo, porque no tenía vidrios. Ahora una niña vestida de blanco se acercaba al diminuto balcón iluminado, y le dirigía una mirada penetrante. Se asemejaba a la protagonista de los videos, vestía pijama blanca, lucía cabello lacio, más bien largo, sobre el rostro pálido. No era una imagen borrosa como en las grabaciones de celular, sino nítida, natural y muy triste. El corazón de Miguel Miguel retumbó al identificar, a pesar de la distancia y lo avanzado de la noche, una mirada que se clavaba en la suya. Miró con atención para cerciorarse de que no hubiera error, pero no pudo sostener una mirada tan fija y melancólica. Entonces la niña fue hacia atrás como si volara y desapareció en la oscuridad. Miguel Miguel corrió hasta la sala y marcó el número de Watson:

—Primero me dio vergüenza, porque la niña no me quitaba los ojos de encima; después comencé a asustarme —confesó después de relatar en detalle la nueva aparición.

—¿Te asustó ver a una niña triste? —le preguntó Watson, el sobrado.

—Sí, nunca había visto una niña así.

De no ser por la original historia que le contaba su amigo, Watson se hubiera dormido con el teléfono en la mano:

—¿No será (bostezo) una vecina nueva...? —dijo Watson con una voz que se caía del sueño—... de esas hermosas, como nuestra periodista...

—No, hombre, ahí no vive nadie.

—Te toca ir al psicólogo, chico. Como en la serie del fin de semana: no diferencias la realidad de la fantasía.

—Yo no estoy loco, a mí me respeta —respondió iracundo Miguel Miguel.

—Está bien, está bien, calmado, tienes toda la razón. Mañana iremos a investigar —dijo Watson con el tonito que, supuso, usaría un psicólogo para hablarle por teléfono a un loco enojado.

—¿Yo por qué pierdo tiempo llamando a un idiota? —terminó Miguel Miguel la conversación.

—Tienes toda la razón, no hay ningún problema —se quedó diciendo el psicólogo Watson Contreras.

Al regresar a su cuarto, el enojo de Miguel Miguel volvió a convertirse en miedo. Se sentó en la cama viendo hacia la cortina, que se movía con suavidad. ¿Qué iba a hacer? ¿Volver a mirar por la ventana? No tenía intención de ver de nuevo a esa niña. Sin embargo, se detuvo a pensar en que podría tratarse del contraataque de los inventores del fantasma, su venganza por ponerlos en evidencia en la televisión. "¡La fábrica de fantasmas ataca de nuevo!", susurró para calmarse. En cualquier casa vecina estarían muertos de la risa, proyectando para él la continuación de una mala película de terror, y el único espectador —como los directores del engaño esperaban— estaba sentado en esa cama como una gallina en su nidito.

Lleno de furia, se levantó atropelladamente y abrió de un manotazo la cortina. Lo esperaba la misma niña de la mirada triste, como si estuviera segura de que iba a volver a espiarla. Todo sucedió en un instante. Tuvo la desagradable sensación de ser descubierto. Los ojos de la niña brillaron, como si llorara, luego levantó la mano para despedirse y fue haciéndose transparente, angustiada, como si alguien la llevara contra su voluntad. Miguel Miguel dio un salto hacia atrás, sin tocar el marco de la ventana, con la sensación extraña de que la niña estaba allí y no a media cuadra de distancia. Los ojos del director de Detectives & Co. quedaron desorbitados en el cuarto a oscuras; su corazón, redoblando.

Tal vez al final de ese mismo segundo, corrió Miguel Miguel a esconderse bajo las sábanas de su madre. Tania hizo el simulacro de reñirle, indicando con el dedo adormilado que regresara por donde había llegado, mientras él le contaba detalles de la confusa aparición, que ella escuchaba como en una nueva versión del noticiero, ahora de la medianoche y de sus sueños. Cuando Miguel Miguel se detuvo en su relato, todo quedó en silencio.

—¿Mamá?

—¿Sí?

—¿Sabes si esa casa de la esquina está vacía?

—Vacía, sí... —Tania se dio vuelta en la cama.

—Ah, ya...

No había caso, su mamá no le iba a contestar. Así que decidió dormir. Mas era inútil, tenía miedo y demasiados asuntos por resolver.

—La luz, hijo… no me deja dormir…

—Pero la luz está apagada, mamá.

—No me refiero a esa luz. Cierra los ojos de una vez por todas, por amor a Dios.

SEGUNDA PARTE

I. En la casa abandonada

Tania no tuvo que obligar a Miguel Miguel a levantarse. Muy de madrugada estaba listo para ir al colegio y tocaba con fuerza en la puerta de Watson.

—Todavía faltan quince minutos.

—No vamos al colegio, sino a la casa abandonada, muévete.

La expresión de Miguel Miguel y el temor de que continuara la discusión de la noche anterior, hizo que Watson obedeciera de inmediato. Salió poniéndose la camisa y arrastrando el morral hasta la esquina opuesta, hacia la construcción que no había dejado dormir a su amigo. Todavía estaba oscuro, era la difícil época del año en que amanece tarde y anochece temprano. Con un simple gesto de la mano, Miguel Miguel lo envió a revisar la verja y la ventana que daba al jardín descuidado.

—Dime qué ves —le ordenó Miguel Miguel con el ceño fruncido.

—Veo un amigo mandón y agresivo, que necesita psicólogo.

—A-llá a-den-tro, hom-bre —pronunció Miguel Miguel cada sílaba conteniendo el rugido.

—Aquí no hay sino una silla vieja donde comienza la escalera, muchas telarañas y una montaña de recibos sin pagar.

De repente, un sonido de cerradura que se abría retumbó en la casa y en toda la calle a media luz. Un salto los puso de nuevo en la acera, aterrorizados. Mientras la puerta principal se fue abriendo, dieron media vuelta para comenzar a correr.

El giro intempestivo los hizo caer aparatosamente uno sobre el otro. Una pequeña emergió de la oscuridad y se quedó en el vano de la puerta.

Llevados por el pánico, los investigadores de Detectives & Co. pasaron como una exhalación por el frente de sus casas. Sus madres les dijeron adiós y sonrieron, suponiendo que estaban apostando carreras. Una cuadra más adelante se detuvieron jadeando.

—¡Es la niña! —señaló Miguel Miguel.

En efecto, junto a la casa de dos pisos ella los miraba con asombro. Pero no estaba vestida de blanco, sino que usaba uniforme escolar, y no tenía el cabello largo sobre el rostro, sino que lo llevaba recogido en dos graciosas trenzas, atadas con listones del mismo color del uniforme.

Watson dio un empujón a Miguel Miguel.

—¿Esa es tu niña fantasma?

—Es cierto, no parece un fantasma —dijo dudoso Miguel Miguel—, pero tiene el mismo rostro que la niña de anoche...

—¿Cómo puedes saber que es el mismo, si saliste corriendo antes que yo?

—… y la misma mirada —siguió diciendo Miguel Miguel como hipnotizado.

—¡Qué mirada ni qué ocho cuartos! Estamos haciendo el ridículo.

En ese instante, la niña comenzó a caminar.

—¡Se vino! —advirtió Miguel Miguel, tomando de nuevo su morral.

—¡Ajá! ¿Y por dónde más va a ir al colegio?

—Entonces vamos.

—Por supuesto que nos vamos —se adelantó Watson—. ¿O mejor esperamos a que esa niña nos reconozca y riegue el cuento de que nosotros espiamos en su casa y corremos como ratas en cuanto ella sale para el colegio?

Miguel Miguel fue asintiendo, confundido:

—Muy buena fama vamos a tener.

—¿Fama? ¡No, tremendo oso! —dijo Watson mientras reanudaban la marcha, mirando hacia atrás con disimulo.

Dos cuadras más adelante, después del parque pequeño, tuvieron que cruzar a la derecha, así que perdieron de vista a la estudiante. Desde allí se divisaba la entrada principal del colegio, a unos cincuenta metros por un sendero después de la última casa del barrio.

Miguel Miguel y Watson se ubicaron entre los árboles, a un costado del camino peatonal. Parecía buena idea esperar unos cinco minutos, tiempo más que suficiente para que la niña los alcanzara; pero no apareció. Cuando comenzaron a llegar otros estudiantes, se vieron obligados a salir de su escondite, pues ya estaban mirándolos raro.

—Esté pendiente de las niñas que no vienen acompañadas —ordenó Miguel Miguel en voz alta. Una profesora que pasaba por allí los miró con asombro.

—Ah, buenos días, profesora Martha, es que estamos esperando a mi hermanita —inventó

Watson para salir del apuro. Y luego habló en voz baja a su amigo—: También puede suceder que se una a un grupo de niñas.

Pasados quince minutos, se oyó el primer timbre para finalizar el ingreso al colegio. Los estudiantes retrasados venían trotando. Entonces los investigadores de Detectives & Co. regresaron de prisa hasta el parque pequeño: la niña esperaba sentada en un escaño. Los miró. Se escuchó el último timbre para entrar. Los niños se devolvieron y llegaron apenas a tiempo antes de que se cerrara el inmenso portón tras ellos.

—Es muy extraño que no entre a clases —dijo Miguel Miguel.

—Cualquier cosa le puede pasar a una niña sola en ese parque.

—De pronto espera a alguien.

—De pronto viene más tarde.

—Ajá, ¿y te diste cuenta de que no traía morral, libros, ni nada?

A la hora de descanso, se dedicaron a buscar a la niña, no sea que hubiera entrado después con su acudiente. Observaban en los corrillos a las de quinto de primaria; sus miradas atentas despertaron risitas y comentarios.

—¿Están buscando novia? —les dijo una estudiante muy grande para estar en primaria. Su grupo de amigas soltó un coro de carcajadas. Miguel Miguel se sonrojó hasta el cabello rojo. Watson simplemente contestó sonriendo:

—Sí, algo así.

Y les dio la descripción de la estudiante que los había seguido. Quedó descartada esa posibilidad: la niña no había entrado al colegio.

Esa tarde fueron de nuevo a la casa de la esquina. Después de varios sorteos y ensayos, se animaron a tocar a la puerta; primero haciendo el "toc, toc, corre, corre", otra modalidad del "ring, ring, corre, corre". Por último, esperaron a que les abrieran. Pero nada. No había señales de vida.

2. La niña del parque

La madrugada siguiente estaba más oscura y fría. Mientras Miguel Miguel vigilaba desde la acera hacia el segundo piso de la casa abandonada, su compañero se asomó por la ventana del primero, intentando ver si alguien estaba pegado a la puerta, listo para salir. El sitio estaba vacío. Entonces se sentaron en la acera de la casa vecina, haciendo tiempo antes de ir al colegio.

—Qué tristeza —dijo Watson—, el mejor sueño, el de la mañana, perdido sin remedio.

—No del todo, hay otra aparición interesante —señaló Miguel Miguel hacia el final de la cuadra.

—Ajá, mira a don Rambo. ¿De dónde vendrá?

—De la casa de doña Irene, tal vez.

—No, eso no puede ser —no se esforzó Watson en la ironía.

Estaban distraídos en tal descubrimiento, cuando unos pasos leves se escucharon a sus espaldas. Ni siquiera alcanzaron a sorprenderse. La niña del día anterior pasó junto a ellos y se alejó, sin prisa, hacia el colegio. Los famosos investigadores de Detectives & Co. quedaron exactamente como en el juego del "congelado", viéndola alejarse. Cuando iba pasando frente a la casa de doña Irene, los niños se levantaron, dispuestos a seguirla.

—¡Don Rambo y su eterna admiradora hacen como que no la ven! —observó Miguel Miguel.

—Debe ser que no la han visto. Es lógico, el amor… —dijo Watson en medio de un suspiro, andando en cámara lenta, como si el amor lo llevara por los aires.

Iniciaron entonces un seguimiento en vivo, caminando despacio, inventando conversaciones falsas para detenerse cada vez que ella aminoraba el paso.

—Estamos como en el juego de la visita de mentiras: tú inventas una tontería, yo te respondo con otra —dijo Watson—. Si esa peladita se da cuenta, pasaremos una nueva vergüenza.

—Tenemos la coartada de que vamos para el colegio —respondió de inmediato Miguel Miguel, a quien tanta charla le quitaba concentración—. En todo caso, mantengamos una distancia mínima de veintiún metros.

—¿Cómo vamos a medir exactamente veintiún metros?

—Todas las casas tienen siete metros de frente, mi querido Watson. Si también tienes tres dedos de frente, puedes hacer la cuenta.

—Ah, claro, eso sirve de mucho. Ni que fuera boba, ya se dio cuenta —señaló Watson José con la boca y los ojos.

En efecto, la distancia entre la niña y sus perseguidores se fue acortando, pues ella dio media vuelta, impulsada por el par de trenzas, y los esperó en la acera, tres casas adelante.

—Hola.

Los detectives de Detectives & Co. no contestaron, se quedaron inmóviles, descifrando la complicada palabra "hola".

—¿Van para el colegio?

—Sssí.

—¿Por qué no me acompañan? Es feo que a una la sigan.

—¿Alguien te estaba siguiendo? —exageró Watson el gesto de sorpresa—. No vimos a nadie que te estuviera siguiendo. ¿Tú viste a alguien? —preguntó dirigiéndose a Miguel Miguel. Como su amigo no contestó rápido, Watson le propinó un codazo.

Siguieron caminando hasta el parque pequeño sin decir nada. La niña se sentó en el mismo escaño de la mañana anterior.

—¿No vas a entrar al colegio? —preguntó Watson.

—Voy a matricularme, pero todavía no.

—¿Por qué? —continuó Watson, al tiempo que Miguel Miguel le dirigía una mirada de vergüenza ajena por el descarado interrogatorio.

—Mi papá no me ha traído los libros nuevos. —Los ojos de la niña se humedecieron de manera visible.

—Pero puedes esperarlo en el colegio —replicó Watson.

—No, no puedo, debo esperar aquí —contestó la pequeña antes de sumirse en un triste silencio.

Los interrogadores quedaron sin saber qué decir, hasta que Miguel Miguel rompió el hielo con la huida.

—Bueno, nosotros nos vamos.

—Adiós —levantó la niña la mano como lo hizo dos noches atrás. Miguel Miguel se estremeció y siguió caminando junto a Watson, el hablador, bajo una mirada que tenía el poder de despertarles un sentimiento entre la culpa y la compasión.

Apoyándose en Miguel Miguel, Watson dio vuelta sin dejar de caminar:

—¿Y cómo te llamas? —gritó.

—Camila.

—Nosotros somos… —se iba a presentar Watson cuando ella interrumpió.

—Sé quiénes son.

—Somos famosos, Watson.

—Sí, mejor nos quedamos a acompañarla —tomó Watson la iniciativa de acercarse de nuevo a la banca del parque. Su compañero lo siguió sin ganas.

—No, no, mejor vayan para el colegio —dijo Camila, levantándose como si algo le urgiera—, ya casi va a amanecer.

—Pero todavía no abren el colegio... —comenzó a decir Watson, el inoportuno.

—Váyanse, por favor, por favor —insistió Camila. Luego prometió con expresión muy seria—: en la noche les cuento todo, chao, chao.

Miguel Miguel dio la orden perentoria de seguir adelante, porque Watson, a pesar de las evidencias, estaba colocando su morral sobre el escaño para proceder a sentarse, y obedeció a regañadientes.

—Esta niña es muy rara, oye. Con razón te asustó en la noche —dijo Watson en lo que a él le pareció voz baja.

—Está esperando al papá, ¿no ve? —dijo Miguel Miguel en voz alta para hacer quedar mal y corregir a Watson el indiscreto que, ahora sí, bajó la voz:

—¿Y por qué no vino con ella desde la casa?

—Quizá no viven juntos.

—Cierto, puede pasar —reflexionó Watson—, o el papá le habrá prohibido hablar con extraños.

Así dieron vuelta a la esquina y llegaron al sendero peatonal. Una vez allí se miraron el uno al otro y, sin mediar palabra, se devolvieron corriendo hacia el parque, cuidando de ocultarse tras los árboles y de agacharse oportunamente en la verja de ladrillo de la casa esquinera. En cuanto se asomaron, la niña se levantó de la banca. Al parecer los había descubierto; por eso tuvieron que poner cuerpo a tierra bruscamente, con algún daño a sus pantalones y a los útiles escolares.

Dejaron pasar un minuto antes de asomarse de nuevo: ahora el escaño estaba vacío. Entonces se levantaron de un salto, y ya estaban en sus marcas, listos para correr tras de Camila, cuando se encontraron de manos a boca con la profesora Martha Rosa.

—El colegio queda para allá —señaló la profesora con algún placer de cazadora de estudiantes evadidos.

—No, profe, estamos esperando a una amiga —hizo lucir Watson su encanto particular para mentir.

—¿No era una hermanita?

Siguieron risas nerviosas, de esas que no se pueden grabar.

—En todo caso —continuó la profesora—, no hay niñas en el parque, como pueden ver.

—Y cuando usted venía, querida profesora —recurrió ahora Watson a su cara de ruego—, ¿no se devolvió por ahí una niña de unos ocho años?

—Ninguna, Watson querido.

Los niños arrastraron sus pasos hacia el colegio junto a la profesora, como si los condujeran a la silla eléctrica. A la horca. O a la rectoría.

3. El encargo

Después del colegio se reunieron en casa de Watson. Había asuntos por resolver; no solo el misterio de Camila, sino las vacaciones de mitad de año, que se avecinaban, y la promesa de sus padres de hacer un viaje al mar.

—Eso es la semana entrante, Watson. Hoy es jueves y no han comenzado con los preparativos, ellos que son tan cansones y adelantados para alistar maletas antes de viajar. ¿Acaso nos van a refundir el asunto?

—Para que no sufran de amnesia, tocará averiguar rutas y destinos en Internet.

Al abrir el navegador, lo primero que encontró Watson fueron videos propios y ajenos acerca del caso de la niña fantasma.

—¿No se parece un poco a Camila? —observó Miguel Miguel.

—Para nada —respondió Watson, sin darle importancia a la pregunta—, Camila es una niña real que viste uniforme, es bonita, se hace trenzas y todo.

—Tal vez se parecería —insistió Miguel Miguel—, si tuviera pijama y el cabello le cayera sobre el rostro.

—A ver, ¿en qué estamos? —aleteó enojado Watson—. ¿No tenemos bien claro que lo del fantasma fue un engaño?

—Pues sí, y lo tiene claro todo el país.

—Ajá, hasta comenzaron a hacer chistes —Watson abrió un video en YouTube. En él aparecían, mezclados con fragmentos de la noticia del fantasma de Las Flores, los personajes de la película Caza-fantasmas en dibujos animados. A cada comentario de las presentadoras de televisión, intercalaban un fragmento del fantasma verde corriendo por las calles, el inconfundible sonido de las trompetas y el grito ¡Ghostbusters! Curiosamente, incluía fragmentos tomados por Watson y los vecinos, los cuales no aparecieron en televisión. De remate, un gran fantasma de gelatina verde se diluía para dar paso a la imagen del periodista de bigote. Miguel Miguel sonrió:

—No quedan muy bien parados los canales de televisión.

—Cierto, no tardan en reportarlo como inadecuado en YouTube y bloquearlo.

—Sí —dijo Miguel Miguel y volvió a ver a su amigo—, ¿quién lo subiría a Internet?

Watson no contestó, solo miró hacia el techo y silbó la banda sonora de Caza-fantasmas.

El resto de la tarde se fue en interrogantes y suposiciones acerca de Camila y cuáles serían las mejores rutas hacia el mar, con lugares bonitos para ver y cosas para comer. Después de la cena, y de entregar a sus madres un informe pormenorizado del viaje a la costa, los pequeños investigadores de Detectives & Co. se asomaban a cada minuto hacia la casa de Camila; pero la niña no aparecía. Era preocupante, se avecinaba la hora de dormir. La excusa para salir se les ocurrió a las diez de la noche: se llamaron mutuamente e inventaron que les hacía falta completar un trabajo de Ciencias Naturales, precisamente con la parte que tenía el otro. Muy a tiempo: el barrio se disponía a dormir y Camila se sentó en el muro de su jardín. A uno y otro lado de ella, se ubicaron los mejores investigadores del barrio de Las Flores.

Watson, como siempre, fue el encargado de romper el hielo. Y lo hizo de una forma no muy delicada:

—Imagínate que mi amigo, aquí presente —Watson disfrutaba sus palabras— te confundió con la niña fantasma. —Miguel Miguel se sonrojó.

—¿Cuál niña fantasma? —preguntó Camila con una expresión de sorpresa que a ellos les pareció más bien de burla. Todo el barrio lo sabía, todo el país lo sabía.

—¿Te estás burlando de nosotros, chica?

—No —respondió Camila con una leve sonrisa.

—¡Pero salió en la televisión!

—No tengo televisor.

—Perdona a Watson, es buena persona, pero está en obra negra —dijo a manera de excusa Miguel Miguel. Pero al caer en la cuenta de que la casa de Camila también estaba en obra negra, supo que no era precisamente la frase más adecuada. Por eso agregó, para que no se hiciera más grande el bache de silencio, algo relacionado con el tema:

—¿Esta es la casa de tu familia?

—Sí, yo viví aquí cuando era bebé. Tengo varias fotos en este jardín... cuando era un jardín... —Camila bajó la mirada. Miguel Miguel se dio cuenta de que no estaban muy acertados con los temas de conversación.

—Me gustaría ver una de esas fotos —intervino Watson.

—No las tengo, se me quedaron en La Esperanza.

—¿La Esperanza? ¿En la vía al mar? —dijo Miguel Miguel, poniéndose de pie para ver a Watson—. ¿No vamos a pasar por ahí?

—¿Van a pasar por La Esperanza? —El rostro de Camila se iluminó—. ¡Qué bueno! Ustedes me pueden traer el morral con los libros.

—¿Y no te lo iba a traer tu papá? —preguntó Watson

—No ha podido...

—¿Pero tu mamá qué dice? —insistió Watson—. Porque vives con ella, ¿cierto?

—Mamá murió cuando yo nací.

De inmediato Miguel Miguel se ubicó muy cerca de su compañero. Un apretón en el brazo, aplicado con alguna delicadeza, le hizo saber a Watson que no debía seguir con su papel de preguntón.

—Ahhh, ya. Entiendo, entiendo —dijo Watson con voz quejumbrosa. Miguel Miguel aflojó la presión en el brazo de su amigo, para dirigirse a Camila:

—¿A quién le podemos pedir el morral?

—A mi tía Francisca —la expresión de la niña se suavizó.

—Dalo por hecho, te lo vamos a traer, ¿cierto, Watson?

—Claro que sí, ¿cómo no? —se comprometió Watson mientras sobaba su brazo adolorido.

4. De alguna magia

Muchos interrogantes quedaron sin resolver. Y precisamente esa mañana de viernes, los propietarios de Detectives *&* Co. no pudieron avanzar en sus averiguaciones: se levantaron muy tarde, ya había amanecido y en el parque pequeño no esperaba Camila como de costumbre. Para dar la excusa por el retardo y entrar a clases, tuvo que llevarlos en su camioneta don Carlos, el padre de Watson.

A la primera oportunidad que tuvieron en la sala de computación, Watson reflexionó acerca de una cuestión que le parecía esencial:

—¿Cómo no va a tener televisor, oye?

—Y aunque lo tuviera —dijo Miguel Miguel—, ¿dónde lo iba a conectar?

—Pero ¿cómo no va a saber del fantasma y de nuestra presentación en televisión? —continuó Watson.

—Seguramente llegó en los últimos días.

—Cualquiera le habría contado... hasta en el campo hay televisión.

—Cierto —asintió Miguel Miguel—; pero lo más raro es por qué el papá no aparece. O al menos alguna persona mayor de la familia, porque seguro ella no está sola en esa casa.

En ese momento el profesor de Informática dio las instrucciones para iniciar la clase. Cuando llegó a la indicación de no entrar a Internet, Watson ya estaba buscando "La Esperanza" en Google.

—No sabía que hay varios sitios con ese nombre en nuestro país —susurró al oído de Miguel Miguel.

—¡A ver, doctor Watson! —gruñó el profesor, recordando, como era usual, al compañero de Sherlock Holmes. El estreno de la película era muy reciente.

Entonces Watson señaló en silencio, dando vueltas con el puntero del ratón, una noticia de dos años atrás acerca de La Esperanza. Como Miguel Miguel no alcanzaba a ver, Watson le resumió:

—Hace dos años La Esperanza fue destruida en un enfrentamiento entre la guerrilla y los paramilitares. Dice que la mayoría de los habitantes abandonaron sus casas y fincas por las amenazas de una tercera toma del pueblo.

—Con razón el papá de Camila no se deja ver, ni se atreve a volver a La Esperanza —dijo Miguel Miguel, torciendo la boca, con la ilusión de que así no lo escuchara el profesor.

—¿Y nosotros sí nos vamos a atrever?

—Por supuesto.

—¿Decían los señores que se iban a atrever a qué? —dijo el profesor de Informática a sus espaldas, torciendo la boca como ellos.

—Atrevernos a... mejorar el puesto —fue inventando Watson.

—¿El puesto o el promedio? —preguntó el profesor con la boca todavía torcida. En el salón sonó una risita de placer por verlos en apuros.

Afortunadamente el timbre para salir del colegio sonó en ese instante, 50 minutos antes de lo acostumbrado para la hora de salida. Es sabido que siempre suena cuando se necesita.

Antes de regresar a casa se dieron una vuelta por el parque principal de Las Flores. El sol daba un brillo especial al barrio, el calor no acosaba sino que reanimaba. Era el mágico efecto de las vacaciones de mitad de año. Incluso la casa de Camila lucía diferente. Con solo recortar la maleza y quitar los escombros, la vieja construcción había recibido un pase mágico, cuyo autor traía en ese momento una carreta desde el río.

—Don Rambo, ¿usted por aquí a esta hora?

—Sí, joven Watson, vine a las 12:00, porque esta madrugada la niña me rogó el favor de limpiar un poco, pues unos amiguitos le habían criticado la casa.

—¿Camila? —preguntaron casi en coro.

—Sí, Camila, ¿la conocen?

—Por supuesto que sí —dijo Watson y preguntó sin hacer pausa para tomar aire—. ¿La niña venía con el papá?

—No, venía sola. Me pidió que la acompañara, por aquello del fantasma. Entonces la escolté hasta el parque pequeño.

—¿Qué hizo ella?

—Se sentó en el escaño, y yo me senté a su lado a reconfortarla.

—¿Y luego?

—Me dijo que ya no tenía miedo, que no hacía falta que la acompañara más y que yo era un señor muy valiente, como su papá.

—Sí, claro, cómo no —ahora sí hicieron los niños un coro perfecto.

—En serio, eso fue lo que dijo. Es una niña muy dulce.

Bastó esa última frase, llena de una ternura que no le conocían al vigilante, para que Watson y Miguel Miguel entendieran que era cierto, ese era un hombre valiente.

—¿Pero Camila entró al colegio? —insistió Watson, el encargado de los interrogatorios.

—No sé, supongo que sí. Como yo seguía hablando y hablando, ella se despidió y salió corriendo hacia el colegio. Fui a ver hasta el sendero peatonal, para cerciorarme de que llegara sin novedad, pero ya no estaba por ahí. Me llamó la atención que entrara tan de prisa: todavía no llegaban los niños madrugadores, y desde lejos el portón parecía cerrado.

TERCERA PARTE

I. ¿Un viaje planeado?

Fue inútil esperar a Camila la noche del viernes. Miguel Miguel incluso la vigiló desde su ventana, para felicitarla por el arreglo de la casa. Pero, agotados los preparativos para el viaje, su madre lo obligó a acostarse. En la mañana saldrían en un recorrido de doce horas por carretera; no era bueno estar cansados.

Miguel Miguel fingió que obedecía, con la intención de levantarse cuando la casa estuviera en silencio; pero no pudo evitar quedar profundamente dormido con la ropa puesta.

Esa mañana, cuando iba a comprar las cosas para el desayuno, Tania encontró en el piso de la sala un papel que habían deslizado bajo la puerta.

Dibujado en colores en una amarillenta hoja de cuaderno había un mapa.

—¿Será un mapa hecho por Watson, el investigador? —le preguntó a su hijo.

—No, mamá, Watson es incapaz de colorear el cielo sin salirse de la línea. Este mapa es para nosotros. Camila lo debió traer esta mañana —observó Miguel Miguel el dibujo que mostraba la vía al mar, el ramal que conducía a La Esperanza, un puente caído y un puente levantado sobre el mismo río azul, y las seis calles de La Esperanza, con señales precisas de la niña para ir a su casa a recoger el encargo: la plaza principal, la ubicación del árbol de almendrón y las veraneras de colores, lo mismo que las sombrillas en la tienda de su familia.

La tía Hada apareció por la casa, para orientar a Miguel Miguel en lo del viaje, y para despedirse.

—¿Por qué me suena tanto La Esperanza? —quiso saber el sobrino—. Es como si hubiera estado allí.

—Ya estuviste allí —respondió Hada.

—¿Yo? ¿Cuándo, tía?

—Hasta los dos años de vida. Nuestra familia proviene de La Esperanza.

—¿Y no era de San José?

—San José de La Esperanza. Algunos tomaron la costumbre de llamarlo La Esperanza, a secas; o solamente San José, porque La Esperanza, dicen, hace tiempo se acabó. Ahora es un pueblo olvidado, donde viven unas pocas familias.

Miguel Miguel no podía creerlo. Camila había nacido en el mismo pueblo de su madre biológica, que había muerto siendo él muy pequeño.

—Eso es demasiada coincidencia, tía: una amiga de esta calle, viene de La Esperanza, y nos hizo un encargo cuando supo que íbamos de camino al mar.

—Sí, demasiada coincidencia —respondió Hada con expresión de duda.

—Con razón Camila te eligió para su encargo —concluyó Watson.

—Cierto, los dos somos del mismo pueblo, puede que hasta nos hayamos conocido de pequeños. Pero ¿por qué no me lo dijo? ¿Y cómo supo que yo venía de allá? En caso de que lo supiera, claro.

—Ajá, y yo que pensaba que la niña estaba tragada de ti —volvió a interrumpir Watson.

—Deja la bobada, Watson. Tía, ¿es bonita La Esperanza?

—Era muy bonita, antes de aquel atentado al puente de la vía al mar, donde fallecieron tus padres. Como sabes, hace dos años que deseábamos llevarte a conocer, pero ocurrió el último enfrentamiento en pleno pueblo, con granadas y otros explosivos, que lo dejaron prácticamente destruido. No queda nadie de la familia allá, por las amenazas.

—¿Es muy peligroso? —preguntó preocupada Gabriela, la madre de Watson.

Hada la tranquilizó.

—Bueno, no en realidad. Desde la última toma del pueblo, hay una base del Ejército en las afueras. Como van a pasar antes del mediodía, pueden recoger el encargo de la niña, dar una vuelta por ahí y salir. No olvides ir al monumento a las víctimas —dijo Hada dirigiéndose a Miguel Miguel—, haz una oración por mi hermanita, tu mamá, y por tu padre. Diles que les mando todo mi cariño, y que no he podido volver, ellos entienden.

Hada se ruborizó ligeramente, a punto de llorar. Miguel Miguel se solidarizó con su tía y la abrazó. Don Carlos, el papá de Watson, estacionó su camioneta junto a la casa, pitó tres veces. Watson entró como una tromba con cara de paseo e intentó cargar él solo una maleta; pero no pudo levantarla siquiera. Entonces tomó un trapo y fingió que la estaba limpiando.

Cuando los niños salieron con las maletas más livianas, Hada y Tania se quedaron un momento en la casa.

—¿Eso del encargo y de la misteriosa niña Camila, no será una excusa de Miguel Miguel para volver a La Esperanza? —Aprovechó Hada para consultar sus sospechas.

—Pues estos muchachitos se lo pasan vigilando la casa de la esquina, donde supuestamente vive la niña —dijo Tania—; todo lo que sé me lo han contado ellos, y don Rambo el vigilante, que casi siempre es cómplice de lo que inventan los niños.

—¿Pero dónde hablan con ella?

—Supuestamente de camino al colegio y en el antejardín de la casa. Se han ido para allá las últimas noches. A veces salgo a echar un vistazo, para saber con quién hablan, pero los veo solo a ellos, nunca he visto a la niña. En realidad no he visto a nadie —concluyó la madre de Miguel Miguel—: esa casa lleva años desocupada.

2. La Esperanza

Cinco horas después los viajeros llegaron a
La Esperanza. Era un desolado mediodía.
Todo estaba en el lugar exacto que el mapa indi-
caba: las casas alrededor de la plaza, salpicadas de
heridas causadas por los enfrentamientos, cuando no derruidas y en evidente abandono. El árbol
de almendrón en el costado izquierdo de la plaza
les indicó el camino. Se seguía desde allí por una
calle larga que serpenteaba un buen trecho hasta la esquina donde supuestamente vivía Camila
con su familia. Pero allí no estaba la casa que el
mapa señalaba, no había puertas ni ventanas, no
había techo, solo las baldosas ajedrezadas que en
la hoja de cuaderno eran perfectas, rodeadas por
las ruinas de lo que fueron paredes. Las sombrillas de colores conservaban pocos retazos de sus
vestidos de otro tiempo, y se mantenían en pie en

esa esquina, prácticamente desnudas. Un gran artefacto explosivo debió causar tan grande daño.

—Parece como si un perro grandísimo se hubiera sacudido el barro —dijo Watson.

—Sí, y muy duro, porque dejó huecos en las paredes —comentó Miguel Miguel—. Aquí se aplica bien ese dicho extraño: "Es un pueblo adonde nunca he ido, pero tampoco vuelvo".

Mientras todos descendían de la camioneta y comenzaban a estirarse, Gabriela les preguntó antes de ir a buscar información.

—¿Cómo se llama el papá de Camila?

—Camila no dijo el nombre de su papá, sino que no había podido ir a matricularla. Tal vez porque se esconde de alguien —respondió Miguel Miguel.

—La que vive aquí es la señora Francisca, tía de Camila.

Mientras conversaban, pasó a su lado un anciano delgado con sombrero de ala ancha.

Lo vieron alejarse y les sorprendió que sus pasos prácticamente no se escuchaban.

—¡Oiga, señor! —gritó Watson.

El hombre siguió caminando sin volverse. Entonces Watson corrió tras él.

A mitad de cuadra, Watson lo alcanzó y se le puso delante. El anciano y el niño gesticulaban con los brazos, como si discutieran acaloradamente. No se entendía bien lo que hablaban. Cuando el señor comenzó a dar una especie de gritos, el papá de Watson se preocupó y se fue acercando; pero fue falsa alarma, porque de repente se dieron la mano y se despidieron sonriendo y haciendo venias como si fueran chinos.

—¿Qué te dijo? —le preguntó Gabriela a su hijo.

—Nada. Es sordomudo.

—¿Entonces qué tanto alegaban a señas? —Lo apuró Miguel Miguel.

—Pues yo intentaba preguntarle dónde vive ahora la tía Francisca. Y él intentaba decirme que ya no vive aquí, que este negocio de la esquina fue destruido hace dos años. Luego me dijo que preguntara tres casas más arriba por una muchacha llamada Mariela, que ahora está cuidando a la tía Francisca, que es muy anciana y no se ha querido ir de aquí. También me preguntó si yo era de aquí, yo le dije que no, y el señor me dijo que él sí había nacido aquí, pero que los hijos lo habían dejado solo. Ah, y la tía vive en el No. 3-67 de esta calle, en la casa que antes fue del papá de Camila.

Todos se quedaron mirando a Watson, asombrados de esa desconocida habilidad lingüística.

—¿Todo eso te dijo?

—Bueno, también me hizo señas con el dedo y me anotó en este papelito. —Extendió la mano Watson, orgulloso de haber hecho bien la tarea.

Una anciana pequeña y morena con los mismos ojos almendrados de Camila, les abrió la puerta del No. 3-67. En cuanto le dijeron que eran amigos de la niña, que la acompañaban a la escuela, ella los hizo seguir a una sala un tanto oscura. No se alegraba del todo la tía Francisca de que le hablaran de su sobrina, los escuchaba con una expresión compungida, respondiendo con monosílabos, asintiendo apenas con la cabeza. Cuando le mencionaron que ella no quería o no podía ir al colegio porque su papá no le había traído su morral nuevo, la tía comentó:

—Es cierto, se negó a ir a la escuela, aunque le rogamos de todas las formas posibles.

La anciana fue despacio a traer una silla. Mientras tanto Miguel y Watson se miraron, asombrados, preguntándose cómo sabría ella eso, si ahora Camila estaba tan lejos.

—Todavía quiere ir a la escuela, pero no tiene su morral y sus cuadernos —dijo Watson en cuanto la señora se sentó frente a ellos.

—¿Cómo? Debe haber un error. —La pesadumbre de la tía se mudó en confusión—. De pronto ustedes están hablando de otra niña; vengan un momento, por favor.

La tía los condujo hacia el patio interior, en cuyas paredes estaban expuestas las fotografías de la familia. Todos comenzaron a ojear, bajo la mirada no muy conforme de la dueña de casa.

—Ajá, mira a Camila cuando pequeña —exclamó Watson.

—Sí, está igualita —respondió Miguel Miguel, que repasaba un retrato en el típico caballo de madera, mientras Watson, el indiscreto, señalaba la fotografía de una bebé desnuda, mal cubierta por una falda a cuadros, dibujada con crayones de colores.

—¿Igualita a quién? —dijo la anciana, mirándolos como si no pudiera dar crédito a lo que escuchaba. Entonces se acercó para atraer su atención—: Un momento, niños. Si estamos hablando de esta Camila, sería que estudiaron con mi sobrina. ¿Fueron compañeros de Camila en preescolar?

—No, señora, nunca hemos estudiado aquí —respondió de inmediato Watson—; yo, por lo menos, nunca había venido a este pueblo. Hasta ahora.

—Venimos desde la frontera —intervino Miguel Miguel, con el afán de aclarar el malentendido—. Esta misma niña de las fotos, Camila, su sobrina, nos pidió que viniéramos hasta aquí para llevarle el morral escolar, porque quiere entrar al colegio.

La extrañeza en el rostro de la tía Francisca se mudó en terror. Tuvo que dejarse caer en una mecedora, con los ojos anegados:

—¿Dónde la vieron? ¿En la casa del barrio de Las Flores? —dijo ella, temblorosa.

—Sí, señora.

—¡Dios mío! ¡Mi pobre niña!

—Sí, señora, pobrecita. Se ve muy sola en esa casa tan grande y sin luz, sin el papá que la lleve a la escuela —admitió Miguel Miguel.

—Pero no se preocupe, señora —dijo Watson para calmarla—, que nosotros somos amigos de Camila y la cuidamos.

—No, no —los interrumpió la tía Francisca—, ustedes no entienden. Camila y su papá están aquí.

—¿Dónde?

—En el cementerio de La Esperanza. Hace dos años murieron.

Ahora fueron los niños quienes quedaron de una sola pieza, aterrados, como si estuvieran a punto de caer a un abismo. Tania quiso tranquilizarlos con una frase suelta:

—Será otra niña.

—No, mamá, es la misma Camila —dijo Miguel Miguel, trémulo y muy pálido.

3. No debes dormir

La tía Francisca se lamentaba en la mecedora. Por momentos palidecía, su rostro se crispaba y parecía hacer un gran esfuerzo para respirar. Gabriela y Carlos, los padres de Watson, fueron a buscar ayuda en la casa vecina. Luego de tomar agua con azúcar y de ser consolada por Mariela, su vecina y cuidadora, la anciana fue recuperándose. Watson y Miguel Miguel, por su parte, no sabían qué pensar. Volvieron a recorrer las fotografías de las paredes, con la esperanza de que fuera un error; pero en todas las imágenes los observaban los mismos ojos, el rostro delicado de una niña de hace tiempo, los cabellos sueltos unas veces, otras veces las trenzas.

La tía Francisca volvió a narrar:

—Camilita se quedó esperando el morral lleno de cuadernos. No quiso ir al colegio la semana anterior, por más que le anunciamos regalos y castigos. Decía que ya no era una niña de preescolar en el Jardín Nacional, ahora iba a entrar al colegio, iba a comenzar primaria y necesitaba sus útiles escolares. Estaba un poco estresada porque la profesora de primerito era mayor y tenía fama de ser muy estricta. Las maletas y morrales escolares con ruedas se agotaron en el pueblo, así que su papá se lo encargó a Santa Marta; pero no le llegó en el bus del domingo, porque había derrumbes en la carretera. Por eso el lunes a las cuatro de la mañana, cuando anunciaron por la emisora que la vía estaba despejada, él se fue a la plaza a esperar el bus, antes del desayuno, para que la hija no perdiera otro día de clase. Yo me quedé con Camilita, ayudándola a bañarse y alistarse para ir al colegio, porque soy su tía abuela, ¿saben?, pero siempre cuidé de ella.

—Sí, Camila nos contó algo de eso —acosó Watson el investigador—, ¿pero pudieron conseguirle el morral o no?

—No, niño. Bueno, sí se lo consiguió, pero ella nunca lo recibió. En ese momento comenzaron a escucharse explosiones fuertes, que se parecieron mucho a los fuegos artificiales en las alboradas de las fiestas de san José. Pero apenas escuché gritos en la calle y ruido de carros y motos pasando a toda velocidad, me acordé de la primera tragedia, cuando dinamitaron la vía al mar.

Miguel Miguel se estremeció al oír mencionar ese momento que había cambiado su vida. Tania se acercó y lo tomó de la mano.

—Yo me llevé a Camilita a la pieza de atrás, porque se suponía que era el sitio más seguro, en caso de un disparo o de una granada. Ella se escondió debajo de la cama. Pasó más de una hora, el combate se hacía más recio a cada minuto. Por un momento todo se calmó, entonces fui a la cocina a buscar algo de comer... —La voz de la tía Francisca se opacó, como si se atragantara con las palabras.

—¿Qué pasó entonces? —preguntó Watson, intrigado por el curso del relato. Varias miradas de reprobación se dirigieron hacia Watson, el impaciente.

—Esa madrugada, Mariela llamó a la puerta de la casa de Camila, que ustedes ya vieron en la esquina. Fui a abrirle y me contó que habían destruido la alcaldía y la oficina de buses intermunicipales. Creímos que todo había terminado, pero de un momento a otro vimos gente que venía espantada, y se escuchaba el silbido de las balas. Cerramos la puerta sin saber cómo y fuimos rápido hacia la pieza donde estaba la niña; pero apenas íbamos a llegar al patio, una bomba estalló en la parte de atrás de la casa. Quedamos aturdidas, con la polvareda no se podía ver nada. Llamamos a Camilita, pero ella no respondió. Entonces, como pudimos quitamos los pedazos de tejas, ladrillos y astillas de madera, y encontramos a la niña. Creímos que había muerto, pero abrió un poco los ojos y comenzó a quejarse. Me quedé con ella entre los escombros como media hora, mientras Mariela intentaba ir por ayuda; pero era difícil, porque todavía no terminaba la balacera. Yo le decía a Camila que ya venía el papá con el morral nuevo, porque no sabía que él había muerto al comienzo del ataque, cuando fue a esconderse con otras cuatro personas en la alcaldía. Y Camilita parecía que se iba durmiendo. No debes dormir, le rogaba yo, tienes que esperar a tu papá, y ella se esforzaba por hacerme caso, por mantenerse despierta. Hasta que se hizo de día y ella no pudo más.

La tía Francisca se quedó en silencio, agotada, sin llorar. Incluso Watson, el hiperactivo, respetó ese momento.

4. Morral en custodia

—Cuando todo pasó, fui yo quien recibió este morral de manos del conductor del bus intermunicipal —dijo la tía Francisca, ordenando el contenido de la pequeña maleta escolar sobre la mesa. Es el recuerdo de mi niña, del último día que compartimos.

—¿Pero no le gustaría ir con nosotros a entregársela, por fin, a Camila? —le dijo Tania.

—No, ya estoy muy vieja, y no quiero salir de La Esperanza.

—Nosotros podemos llevarla y traerla de nuevo. —Le ofreció Gabriela, mientras don Carlos, su esposo dijo en voz baja: sí, yo pongo la gasolina.

—Muchas gracias, son personas muy buenas. Pero tengo miedo de no regresar a este lugar. Aquí vivió siempre mi familia, en La Esperanza están los restos de mis padres acompañándome. Aquí esperaré a Camilita. —Cerró la anciana la discusión con una sonrisa. Luego volvió a acomodar con esmero los útiles escolares en los bolsillos y compartimentos de la maleta.

Watson y Miguel Miguel recibieron el morral de Camila, como una amenaza y como un tesoro, un objeto sagrado encomendado a su custodia.

La tía Francisca y Mariela los acompañaron hasta el cementerio. Les resultaba extraño haber viajado hasta allí para estar más cerca de Camila. Todos oraron durante varios minutos, y eso les hizo bien a los niños, igual que de pequeños, cuando alguien hablaba de fantasmas y solo podían conciliar el sueño repitiendo padrenuestros con sus padres. Esos últimos días habían sido únicos, nada era como antes, pero la repetición de los rezos hizo descender sobre ellos la calma, aunque había tantas cosas que no podían entender.

Tocaron uno a uno los maderos sencillos de esa cruz, con el nombre tan querido de Camila y dos fechas que restadas daban escasos seis años de vida. Esta era una situación insólita en verdad: habían dejado a su pequeña amiga en el barrio de Las Flores, sentían que allá los esperaba; pero también estaba allí, bajo la tierra.

—Tal vez conocí a Camila —dijo Miguel Miguel haciendo cuentas con las fechas—: cuando yo cumplí dos años, ella debía tener como un mes de nacida. Quizá por eso me escogió, o nos escogió —corrigió el niño—, para que viniéramos por sus cosas.

Cuando se despidieron, la tía Francisca se veía aliviada de la tristeza. Mariela les agradeció y se marchó llevándola de la mano, después de indicarles un costado del cementerio, visiblemente renovado, donde encontraron el monumento a las víctimas. Sobre un inmenso y cuadrado bloque de piedra, lleno de nombres esculpidos, anidaba una paloma oscura, imitación de las obras del maestro Fernando Botero. Watson ayudó a su amigo a encontrar los nombres de sus padres, y Miguel Miguel repasó con los dedos los bordes de las letras durante largo tiempo. Los demás siguieron orando a su lado, sin decir nada. En ese pueblo, ahora lejano para él, junto a esa pared de piedra, era lo más cercano que podía estar de sus padres biológicos desaparecidos. Siempre a su lado, su madre Tania lo abrazó.

Watson, por su parte, hizo pucheros tan originales para contener el llanto, que Gabriela no pudo dejar de comentar enternecida:

—Hasta la tristeza se le ve graciosa a mi hijo.

De ahí en adelante, los viajeros hicieron todo en silencio: salir del cementerio, subir a la camioneta y conducir una hora hasta la ciudad próxima. Almorzaron, dieron una vuelta por la plaza principal, fueron a la iglesia; incluso Watson tomó algunas fotos. No era mucho lo que podían decirse. Tania y Gabriela se pusieron de acuerdo para romper el hielo, mencionando los sitios turísticos hacia donde se dirigían; pero sus hijos apenas les devolvían unas sonrisas forzadas. Entonces los tres adultos se apartaron un tanto para pensar en un remedio contra la melancolía y el miedo.

—Están en consejo de ancianos —dijo Watson a su amigo, y los dos se dieron permiso para reír un poco en medio de la tensión.

—Si no regresamos a Las Flores, van a ser unas vacaciones muy tristes —dijo Gabriela.

—Cierto, igual podemos volver la semana entrante —propuso Tania.

—Tenemos un encargo, no se diga más, que yo pongo la gasolina —dijo don Carlos.

Tampoco don Carlos dijo más, sino que tomó de regreso la carretera que acababan de recorrer. Dentro de esa camioneta que avanzaba bajo el sol del mediodía, se respiró un grato aire de familia y de consuelo.

5. Dentro de la casa

No era de noche todavía cuando los viajeros arribaron al barrio de Las Flores.

—¿Fueron al mar y regresaron el mismo día? Son rápidos para bañarse —dijo don Rambo a manera de saludo. Sin perder tiempo, Detectives & Co. puso a su mejor aliado al tanto de los últimos e impactantes sucesos.

—No puede ser que esté muerta, si yo mismo hablé con ella —dijo el vigilante, entre asustado y emocionado por estar metido de cabeza en una aventura que no sabía cómo digerir.

Tania hizo seguir a todos a su casa para cenar con sus famosos sándwiches. Mientras comían, y no podían hablar ni defenderse, la dueña de casa dejó muy en claro:

—No vamos a hablar de esto a los vecinos, y mucho menos a los periodistas. ¿Entendido?

—Totalmente de acuerdo —dijo don Rambo, apurando un bocado grande—: Esto es entre Camila y nosotros, que aquí somos su familia.

—Sí, señor. Esta vez no vamos a tener ventas de hamburguesas y perros calientes, ni motos, ni adolescentes borrachos, ni cámaras y celulares persiguiendo a Camila. Nada de eso.

Entonces don Rambo levantó la mano como si fuera a pedir permiso a la "profesora" Tania para ir al baño.

—¿Puedo contarle a doña Irene?

—Por supuesto que sí. Ella también es de la familia, ¿cierto? —dijo Tania con un guiño de ojos. Todos sonrieron.

Entonces Watson aprovechó la ocasión para proponer, como quien no quiere la cosa:

—Sí, es mejor que no vengan periodistas. Bueno, excepto la morenaza.

—Tampoco ella, hombre. A ver: ¿qué parte no entendió de "mucho menos a los periodistas"? —tronó Miguel Miguel, apuntándole con el dedo.

Como era sábado, quedaron de encontrarse después de las once de la noche, para ir los siete a casa de Camila sin despertar sospechas.

—Todo esto es increíble. No deja de darme miedo —dijo Gabriela, y nadie demoró en mostrarse de acuerdo, antes de que se separaran para dejar las maletas, descansar y prepararse para la hora de la cita.

A las once de la noche todavía deambulaban grupos de jóvenes por la calle. Así que tuvieron que hacer lo mismo, dar vueltas por ahí, esperando la oportunidad. Ahora se había sumado doña Irene, que estaba pálida como un fantasma y habría caído si no la sostuviera el brazo siempre disponible de don Rambo. Miguel Miguel cargaba el morral de Camila y se adelantó hacia la entrada principal de la casa.

—¿Cómo vamos a hacer para ent...? —dijo, y su mano quedó en el aire, en el ademán de empujar la puerta, que se abrió con demasiada suavidad para tratarse de una casa abandonada.

Los siete exploradores se asomaron. Lo primero que se veía era la montaña de recibos. El vigilante exploró con la linterna.

—Nadie ha pasado por aquí —analizó Miguel Miguel. Watson sacudió la cabeza para sumarse.

—¿Por qué? —preguntó Gabriela.

—Los recibos están cubiertos de polvo y no hay huellas —respondió Watson.

—Tampoco en el piso —comentó enseguida don Rambo.

Junto a la escalera estaba la vieja silla. Watson se llenó de valor y fue hasta la cocina; regresó quitándose telarañas y estornudando. La alcoba del primer piso estaba repleta de trastos y muebles, como si los habitantes se hubieran marchado con la intención de volver. Fueron hasta el segundo piso, donde había solo paredes sin estucar, todas sin techo.

Miguel se paró junto a la ventana donde vio a Camila por primera vez. Media cuadra más allá estaba la ventana de su propio cuarto; al verla tuvo la misma sensación de que bastarían unos pasos para estar en su casa.

Al regresar al primer piso, les llamó la atención un papel que brillaba en mitad de la sala.

—Qué raro. No lo vimos antes, cuando entramos —comentó Watson a Miguel Miguel.

—No estaba antes.

En una hoja del mismo cuaderno en que les había dejado el mapa, Camila había plasmado con todos los detalles el escaño del parque pequeño.

En los trazos grandes de una estudiante que todavía no sabe escribir sino dibujar las letras, se leía el mensaje: "Los espero Camila".

6. De la mano de su padre

Es difícil madrugar en vacaciones, mucho más cuando no se ha dormido por la expectativa de un suceso tan misterioso. Pero la nueva banda de los siete —así los llamó Watson para disimular su miedo— estuvo muy puntual en el lugar acordado. Los adultos no sabían cómo reaccionarían al ver a Camila. Los niños ya la habían visto, hablaron, compartieron con ella; sin embargo, lo que ahora sabían los sobrecogía, como un curioso nudo entre el pecho y el estómago.

Pero no encontraron a un ser extraño, sino a la misma estudiante de trenzas, la misma niña indefensa sentada en el parque. Aunque la inquietud fue creciendo desde la noche anterior, especialmente en los adultos, pudo más el amor y la compasión. Esa madrugada, en medio de la

calle, había una reunión de amigos con un secreto compartido, y la intimidad que los unía.

Miguel Miguel se acercó a Camila y, en vez de sentarse en el espacio que quedaba en el escaño, colocó el morral junto a ella. La pequeña agradeció con una leve sonrisa; tomó el morral, palpó con deleite las costuras y correas, observó los detalles, y lo apretó contra su pecho.

—¿Qué harás ahora?

—Esperar a que papá venga por mí.

—Y nosotros, ¿qué hacemos?

—No se acerquen mucho, para que papá pueda venir.

El niño volvió a donde estaba el grupo y les hizo saber la recomendación de Camila. Todos retrocedieron unos pasos, respetuosos, y dejaron de mirar hacia el escaño.

Transcurrió un eterno cuarto de hora. Nadie apareció. Camila se levantó, tomó el morral y lo fue arrastrando hacia la esquina. Antes de entrar en la última calle y perderse de vista, se volvió a mirarlos y ellos entendieron que podían seguirla.

Cuando alcanzaron la bocacalle, ya estaba Camila junto al sendero peatonal. Se había sentado en una piedra. El morral que tanto había esperado y contemplado, yacía ahora tirado a unos pasos de su dueña.

Entonces los siete avanzaron hasta la mitad de la cuadra para averiguar qué estaba pasando.

—¿Nada que llega? —preguntó Watson, el escandaloso, con un volumen suficiente para despertar a tres barrios a la redonda.

Camila movió la cabeza lentamente y hundió el rostro entre sus manos.

—Tal vez el papá no va a venir —dijo doña Irene y una lágrima surcó su mejilla. Se escucharon los sollozos de Tania y Gabriela.

Una sola nube, baja y pesada, demoraba el amanecer.

—¿Y para qué estamos nosotros aquí? —dijo don Rambo de repente, avanzando resuelto hacia la niña. Tras él se escuchó un murmullo de sorpresa, pero nadie lo detuvo.

—Vamos —dijo simplemente el vigilante en cuanto estuvo junto a la niña, y le tendió el brazo.

Camila lo miró unos segundos antes de levantarse y tomarlo de la mano. Los dos, ahora padre e hija, avanzaron por el sendero. El grupo los siguió con extremo cuidado y silencio, como si un movimiento en falso pudiera afectar tan delicado momento.

Al llegar al portón principal del colegio, Camila dirigió una mirada dulce a quien había sabido ser tan valiente como su padre. Ya que ella no se animaba a seguir adelante, don Rambo le dijo:

—Ya sé, a las niñas grandes no les gusta que las vean con el papá.

El rostro de Camila resplandeció, como suele ocurrirles a las niñas felices.

Entonces el vigilante se devolvió sin demora hasta donde estaban los otros. Doña Irene lo recibió en sus brazos, nadie se extrañó, nadie se burló.

Junto al portón, Camila repasó con afecto a las siete personas que habían hecho realidad su anhelo, y agitó la mano para despedirse. Los siete quedaron detenidos en el ademán de levantar sus manos para responder al saludo. A la niña le bastaron dos pasos para desaparecer en la penumbra, tras el portón entreabierto y la brisa de la mañana.

Era su primer día en el colegio.